名流詩叢 13

挖掘

看到他奮力的臀部在花圃間
下彎　上升　歷經二十載
穿過他挖掘的馬鈴薯壟溝
有抑揚起伏的節奏

李魁賢◎編

譯　序

　　從自己四十多年來譯成漢語約四千首外國詩當中，選編一本適於素人詩讀者閱讀的詩選，相當費一番斟酌。我把構想設定在「世界的詩‧詩的世界」，讓「大人小孩一起讀世界的詩、遊詩的世界」。

　　「世界的詩」定義似乎比較清楚分明，就是指世界各國詩人的作品，實際上由於詩人心靈的共通性，關切的議題、想像力的運用、意象的喻指，有類似的蹤跡可循。「世界的」詩並沒有界域藩籬的隔閡，透過閱讀「世界的詩」可以體會不分畛域的詩人如何處理普世價值的題材，細心的讀者還可發現在共通性的涵蓋下，自然有在地歷史脈絡和地理環境的特殊性因素在，構成詩觀摩的特別意義。

至於「詩的世界」則就多姿多采了，由於人的生活經驗不一，感受也各自有別，詩人形之於文字，又有殊異的表現技巧和風格，形成詩園的千種風情、萬般品味。因此，詩永遠有寫不完的題材，用不竭的表達方式，詩的「世界」更是無邊無際的開放空間，任憑優遊翱翔，沒有任何限制，有現實的景觀投射，也有虛擬的想像造景，而意到象生，象隨意發，意象的佈局更是無所不能、無所不用其極，這就是詩的魅力所在。

　　此書既然為大人小孩可一起閱讀設想，選詩原則著重平易近人、具有啟發性、引人深思、深入淺出等幾個面向的考量，入選對象以拙譯外國詩為範圍，詩人作品以每人只取一首為限，國度和人選都沒有預設或預定分配原則，純以閱讀導向為依歸。詩也不經分輯，徒然強制歸類和限制，採取詩題筆畫順序編列，故意以隨機排列提供閱讀不規則性，配合詩應有隨機呈現的自由，讀者當然毋需一本正經從頭依次閱讀，可以隨手翻到哪一首，就隨時進入詩的世界，豈不痛快？

「作者簡介」盡量扼要，詩要讓文本獨立存在，避免因作者的依附關係產生意義，只標示出生年，可大略知道時代背景，不寫卒年，因無關緊要。至於「內容提示」算是編者選詩時，當下的體會作為引導閱讀的參考而已，詩有多層意味和解讀方式，不定一格，更不必拘於一個層面，讀者可自己思考。創造性閱讀和創造性寫作，一樣是創造性的行為，屬於一種創作，而嚴格來說，寫作加上閱讀才完成詩的創作。

　　書名《挖掘》採用愛爾蘭詩人希尼的詩題，經過一番深思熟慮。此詩描寫一方面因生活條件的改變，不得不在物質的應用工具上，尋求因應對策；另方面在精神上依然堅持神聖的勞動，遵守應有的歷史傳承，發揮人的本質和價值。這不就是詩或（擴大來說）文化所追求的方向和目的？

　　本書如能開啟讀者讀詩興趣，循此多讀自己志趣相投的詩，培養人文的素質，就是編者莫大的期待，那就把這本書當做詩國的敲門磚吧！

2010.02.12

挖掘

目　次

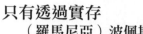

一隻麻雀

（印度）辛格

一隻又禿又瘦的麻雀

迷途進入我書房

麻雀輕盈跳躍

且棲息在

我破舊的字典上

麻雀鼓翼飛向

最近的窗口

但苦苦找不到

出路

電扇開著

一陣強烈顫抖

使我大為震驚

我關掉電扇

咻走

不受歡迎的闖入者

麻雀在我書房內

屢次鼓翼

終於

溜出門外

進入走廊

通向陽台

我鬆了一口氣

看又禿又瘦的麻雀

衝出我的書房

辛格（N. P. Singh），1934 年生。在德里大學拉傑哈尼學院
和阿迪斯‧阿貝巴大學，擔任教授三十餘年，直到退休。
美國馬里蘭州國際詩人協會終生會員。2005 年來台灣參加
高雄世界詩歌節。

【內容提示】

麻雀是棲息在鄉村田野求生的一種小鳥，常成群結隊飛
行、活動，天性自由自在，不接受人豢養。詩中描寫一隻
麻雀因離群，致迷途誤闖入作者的書房，幾經奮鬥才找到
出路，又回到室外自由空間。「又禿又瘦的麻雀」像是老
教授的自況，一生困在書房，皓首窮經，心理上似有迷途
誤闖之憾，還不如終能脫困的小麻雀。其實，學者的思想
自由，不時都能在自由的廣闊空間自在翱翔。詩人與麻
雀，似矛盾，又統一。

三個吉普賽人

（德國）雷瑙

有一次　我偶然遇見

三位吉普賽人　在柳樹邊

當我乘車　在勞累中

馳騁通過沙地平原

一位手裡拿著劣提琴

在夕陽的餘暉中

獨自渾然忘我地演奏

熱情如火的曲調

另一位口中銜著菸斗

望著裊裊上升的青煙

揚揚自得　好像地球上
沒有誰比他更幸福

最後一位正沉入夢鄉
把打簧琴掛在樹枝上
風呼嘯越過琴弦
好夢潛入他的心房

三人身上的衣裳
好多雜色補靪和破洞
但他們對世俗的命運
不在乎　盡情嘲諷

挖掘　017

他們以三種形態教示我

每當人生到了入暮

或嗜菸　或嗜眠　或嗜樂

做為輕蔑人生的態度

我停車佇望吉普賽人良久

看到他們棕褐的臉龐

鬈曲的黑髮　然而

我卻不得不續奔前程

雷瑙（Nikolaus Lenau），1802年生。以抒情詩著名，也
出版過傑出史詩，包括《唐璜》，和三千行的長詩《浮士
德》，部份取材自歌德的同名詩劇。

【內容提示】

吉普賽人原住印度北部，逐漸向西遷徙，十一世紀到波
斯，十四世紀到東南歐，十五世紀到西歐，到了二十世紀已
遍及美洲。吉普賽人傳統不事農耕和畜牧生產，以販賣、技
藝、占卜或娛樂他人維生，四處流浪。因生活形態和觀念不
同，常被視為怠惰，有些青少年因在城市謀生不易，淪於偷
竊或詐財，予人負面印象。作者卻肯定吉普賽人樂天知命、
怡然自得的安逸生活，反而自嘲栖栖皇皇奔波的無奈。

大同小異

踏上和鄰居相同的樓梯
站在和鄰居不同的門牌前面

打開和鄰居相同的門
見到和鄰居不同的家屬

困在和鄰居相同的牆壁內
觀看和鄰居不同的電視節目

進入和鄰居相同的造型廁所
排泄和鄰居不同的廢物

打開和鄰居相同的窗戶
談論和鄰居不同的話題

睡在和鄰居相同的屋子裡
做著和鄰居不同的夢

【作者簡介】

有馬 敲（Arima Takashi），1931年生。在京都設亞洲文化交流中心，創辦國際詩刊《海陸風》，擔任日蒙關係協會理事長，出版有《有馬 敲作品集》全八卷。

【內容提示】

現代都市生活逐漸類型化，私人起居受到外界物質的局限，尤其是建築格式的統一性，使人的行事風格也會失去個性。在「大同」中，還是有呈現個人「小異」的空間和習慣，但似乎都是無關緊要的瑣事，精神生活的層次已經被壓縮到幾乎無存的地步。人還是要在困局中力求藝文和智識的提升，才不會泯滅人的存在價值。

女兒的肖像

（義大利）薩巴

手裡拿著球　渾圓的大眼睛

有天空的顏色　穿美麗夏裝

小女兒對我說：「爹

今天我要和您出去玩。」

我想：世界上值得讚美的

一切形象　就我所知

我的小女兒都可以媲美

她像白色的浪花　浮動在

海浪之上　像淡淡的青煙

從屋頂上升　隨風四散

又像雲　輕飄飄的雲

在開放的天空中聚散

也像其他許多輕快飄浮物

【作者簡介】

薩巴（Umberto Saba），1883 年生。經歷過兩次世界大
戰，第一次擔任機場督察，戰後經營舊書店，第二次飽受
法西斯黨徒騷擾，被逼關店，專心寫詩，致力於為自己的
詩作箋註。

【內容提示】

可愛的小女孩像人間天使，純真善良討人歡喜，對父母的
要求很少會被拒絕，何況是自動貼心地要陪伴老爹呢！在
作者心目中，小女孩像白色的浪花、淡淡的青煙、輕飄飄
的雲，都是那麼優雅、自由自在、無憂無慮，在意象上是
多麼輕鬆、舒暢，這是為人父者最得意的安慰吧！

山 景

（蒙古）切列加佈

周圍山崗的景象朦朧

草原花卉的影子消失不見

驟雨一剎那間襲來

飛濺滴落在

秋天的草原上

徐徐浸泡著地面

蔓延周圍地區

水滴在我的眼上

雨一陣一陣傾瀉

秋雨何其喧嘩

如果喜愛豐沛雨量的男子

能夠照顧姑娘

潔白的神聖雨滴
就宛如我心上人的淚水

驟雨一剎那間
籠罩了周圍山崗
驅散草原花卉的影子

【作者簡介】

切列加佈（Khaidav Chilaajav），1967年生。農業大學出身，曾擔任生物研究機構的技術人員，二十一世紀初膺任蒙古作家聯盟執行長，以詩〈我的祖國〉和〈我愛父親〉享譽文壇。

【內容提示】

蒙古大草原秋高氣爽，常會突然來一陣驟雨，呼嘯而過，然後又像若無其事，因此水源豐富，草木翠綠，可說是得天獨厚的神賜自然灌溉系統，是畜牧的最佳天地。每當驟雨一來，滿山景色朦朧，別有一番情趣。作者雨中詩興牽動情思，因濛濛雨景而模糊的草原花卉影子，暗喻著所思念的人，把雨水想像成情人的眼淚，在廣闊的大草原，無端引起愁緒，是詩人的多愁善感吧！

友　誼

朋友　這是我的手

為這一切正義與平等

每日的奮鬥

而貢獻

這是我的臂膀

用來支撐

為更美好的世界

戰鬥的力量

握我的手　擁抱我

你存在於我的

生命中使得

我的步履穩健

我的水平線寬闊

而我的愛

從一個大陸分佈到

另一個大陸

千聲的回音

響徹天涯

【作者簡介】

裴瑞拉（Teresinka Peirera），1940年代出生。年輕時參與巴西民主化運動，支持勞動人民爭取權利，1976年歸化美國長住，擔任國際作家藝術家協會會長，活躍於國際詩壇，出版各國語文版本詩集40種，1999年以葡萄牙文譯李魁賢小詩集《愛還是不愛》出版。

【內容提示】

友誼是人與人和睦相處的基礎，國際間賴以建立和平的社會，對於參與社會運動的人士，更能深切體會攜手合作、相互支持，才能團結力量，爭取正義與平等，追求更美好的世界。而胸懷寬闊，推己及人，助人者，人恆助之，更是國際間不易的常理。真正的友誼是要為他人設想，不為己謀。

少女新娘

（印度）朗嘉斯瓦彌

她十四歲多

清秀　害羞　靦腆

太年輕還不懂事

卻結婚了

從學校放學回來　不理午餐

只顧為窗台整理東整理西

眺望著街道上

夢想　玫瑰花的回憶

拂掠過她的臉頰

結婚日　坐在他身邊

偷偷瞄一下他的臉

年輕　英俊　在祭火前紅光滿面

往後的日子　與他獨處

在他懷中　他的話

半細語　溫柔但寡言

在她熱烘烘的臉頰半形式的吻

震垮了她閨女的矜持

在他前往遠方

工作之前

樓下　街上　郵差按門鈴

揮著她的信件　醒悟

她衝下樓梯　性急地

奪過來　撕開　就溶入了

又一個夢中

【作者簡介】

朗嘉斯瓦彌（Srinivasa Rangaswami），1924年生。終其一生在印度國會服務，以英文和泰米爾文寫詩、評論，獲麥克爾‧默圖蘇丹詩人獎。2005年來台灣參加高雄世界詩歌節。

【內容提示】

印度地處熱帶和亞熱帶，人員早熟，又因社會底層窮苦，平均壽命短，早婚者多，形成獨特習俗。詩中描寫十四歲少女，尚在就學中，還不懂事就出嫁了，不會料理家事，丈夫又出遠門去工作，自己無所事事，耽溺在婚禮時充滿玫瑰花的美麗回憶中，等到郵差送來丈夫家書，如獲至寶的心情和動作，非常生動。

可憐的花

（俄羅斯）隋齊柯甫

可憐的花　我還是不明白

妳怎麼活在柏油和石頭之間

妳的生命充滿永久的呻吟

妳的土壤變成焦油和砂粒

可憐的花　妳如今怎能挺身

頂著排放氣體的煙霧

妳怎能活在永遠的緊張下

思考虛擬的童話仙境

【作者簡介】

隋齊柯甫（Adolf P. Shvedchikov），1937年生。畢業於國立莫斯科大學，為俄羅斯科學院化學物理研究所資深科學家，兼美國加州洛杉磯脈衝科技公司化學部主任，國際文藝家協會等文學團體的會員。曾將李魁賢詩集《溫柔的美感》和《黃昏時刻》譯成俄羅斯文。

【內容提示】

環保不但是人類，也是任何生物，安身立命的保障，地球上人口膨脹，已超過60億，使得存在場所的環境愈來愈惡化，環保意識愈顯重要。此詩以花為焦點，對花掙扎在柏油和石頭之間、被排放廢氣的煙霧籠罩之下，表示可憐的同情態度。花如此，人何嘗不是？所以隱喻的象徵標的，很容易推想而知。詩以間接方式批評人為對環境污染和破壞，值得人人注意和深思。

只有透過實存

（羅馬尼亞）波佩斯古

我知道　只有透過沉默

你可以說出真理

也知道　只有透過死亡

你可以真正活著

我知道　只有透過痛苦

你可以克服苦難

也知道　只有透過損失

你可以維持勝利

我知道　只有透過愛

你可以測試存在

也知道　只有透過實存

你可以變成自由

【作者簡介】

波佩斯古（Elena Liliana Popescu），1948年生。布加勒斯特大學數學博士，留在母校執教，耽於寫詩，偏重理性思考，也熱中翻譯，曾把李魁賢詩集《溫柔的美感》和《黃昏時刻》譯成羅馬尼亞文出版。

【內容提示】

數學是相當純粹的邏輯理性思考，與一般詩重感性表達，有相當不同的處理面向，因而作者呈現了比較特殊的風格。此詩論理的意向鮮明，而且採取逆向說服策略，透過歷練的途徑手段，以求達成正面取向和目的，看似矛盾，卻可以達成統一。例如沉默是不說，卻能說出真理，因為「巧言令色」絕對無真理可言。而透過死亡才可以真正活著，等於「置之死地而後生」的意思。其餘舉一反三，可以類似推衍。

正是詩

（義大利）坎帕納

我不乞求和平　我不能容忍戰爭

我獨自靜靜在夢中走過世界

滿心受到壓抑的歌　我嚮往

大港口中的濛霧和沉寂

擁擠在大港口的柔軟風帆

波動起伏有致　準備起錨

在藍色水平面上　只有微風

細語不煩　和諧吹颺

風帶著那種和諧韻律

遠傳到不知名的海洋

我夢　生命悲哀而我孤單

啊正當　啊正當熱烈的早晨
我的心靈　自由抖擻著
醒來對著太陽　永恆的太陽

【作者簡介】

坎帕納（Dino Campana），1885 年生。大學畢業後，航行到阿根廷，到處流浪，從事牧人、礦工、司爐、消防隊員、樂師等各種工作，再旅遊歐洲多國回到義大利。第一次世界大戰被徵召入伍，精神不濟，住進精神病院，度過最後十四年餘生。

【內容提示】

詩不但是精神安慰劑，更是人文素養的觸媒，使人嚮往自由，反對邪惡的戰爭，但也不乞求和平，踐踏尊嚴。詩人謳歌自由，天生注定寂寞、踽踽獨行，可是又常佔領先機，率先清醒迎接初昇的太陽。作者肯定詩人的先知孤獨性格，和堅守自由價值的立場，也是對自己的期許，但最後卻反而在精神病院裡，度過身心兩方面都失去自由的歲月，是極大的反諷。

在異邦

（德國）海涅

我曾經有過美麗的祖國
故鄉的松樹
高聳天際　紫羅蘭溫柔頷首
那是一場夢幻

以德國方式吻我　滿口德語
（令人難以想像
聲音多美妙）說：「我愛妳！」
那是一場夢幻

海涅（Heinrich Heine），1797年生。因與當政者意見不合，1831年流亡巴黎，終老於異邦。他的詩帶有民歌風格，甚多被舒伯特和舒曼譜曲，因而更加膾炙人口。

【內容提示】

流亡異邦，最難忍受的是無法聽見鄉音，對具有愛國情操的浪漫主義詩人而言，每當思念美麗的祖國、故鄉的松樹、溫柔的紫羅蘭，而無法再見，不免會有「一場夢幻」的破滅感。期待有親人以本國習俗熱情接待，以故國語言交談，甚至講出最親密的話，同樣不可得，加深了「一場夢幻」的傷感。這首詩簡潔扼要，表現流落異鄉人的哀傷，又透示出愛鄉愛國的深刻情懷。

收 穫

（塞內加爾）索朗

黑人特性的穀穗

在陽光下閃耀金黃色

在廣漠的非洲原野上方

豐收靠我們的努力勤勉

靠我們的汗漿和淚水

靠我們血流如注

像自由的穀粒

金黃的穀穗在陽光下閃耀

今天大豐收

綠油油的收穫

【作者簡介】

索朗（Ibrahima Sourang），生年不詳。在聖路易斯市長大，於塞內加爾河邊的波多市擔任公務員。

【內容提示】

收穫要靠耕作勞動，天底下沒有不勞而穫的好事，勞動就得流汗，甚至流淚、流血，而艱苦的代價就是自由的穀粒，在陽光下閃耀像黃金一般，令人心喜。

自　由

（法國）艾呂雅

在我學校的筆記本上
在我的書桌和樹上
在沙地上在雪地上
我寫妳的名字

在讀過的所有書頁上
在空白的所有書頁上
血液紙張石頭或灰土
我寫妳的名字

在鍍金的影像上
在戰士的手臂上

在國王的王冠上
我寫妳的名字

在叢林和沙漠上
在鳥巢上在金雀花上
在我童年的回音上
我寫妳的名字

在夜晚的美景上
在白天的白麵包上
在訂婚的季節上
我寫妳的名字

在每一片天空上
在太陽發霉的池塘上
在月亮靈活的湖上
我寫妳的名字

在田野上在地平線上
在群鳥的翅膀上
在陰暗的磨坊上
我寫妳的名字

在黎明的呼吸上
在海上在舟上
在發瘋的山嶺上
我寫妳的名字

在雲彩的泡沫上
在暴風的汗水上
在無味的霪雨上
我寫妳的名字

在閃光的造型上
在彩色鐘上
在實體的真實上
我寫妳的名字

在清醒的幽徑上
在開展的道路上
在擁擠的市場上
我寫妳的名字

在點亮的燈上
在將熄的燈上
在集體的房屋上
我寫妳的名字

在切成兩半的果實上
在我的鏡子我的臥室
在我空蕩的床上
我寫妳的名字

在貪婪卻溫馴的狗身上
在牠豎起的耳朵上
在牠笨拙的腳爪上
我寫妳的名字

在我家門的踏板上
在熟悉的物體上
在湧動的聖火上
我寫妳的名字

在允諾的所有身體上
在我朋友的前額上
在伸出的每一隻手上
我寫妳的名字

在意外的窗上
在親切殷勤的唇上
遠遠超出沉默的唇上
我寫妳的名字

在我毀壞的避難所上
在我倒塌的燈塔上
在我無聊的牆上
我寫妳的名字

在無欲的缺席上
在裸裎的孤獨上
在死亡的足音上
我寫妳的名字

在復原的健康上
在消失的危機上
在沒有記憶的希望上
我寫妳的名字

透過文字的力量

我開始更新我的生活

我天生知道妳是誰

授予妳的名字

自由

艾呂雅（Paul Éluard），1895 生。與布勒東共同發起超現實
主義運動，二度參加共產黨，二次世界大戰時加入法國反
抗軍地下組織，對抗德國納粹勢力，戰爭結束後，國際聲
望甚隆。

【內容提示】

1940年6月，德國軍隊進攻法國，佔領巴黎，作者參加地下
反抗軍，以文人身分寫詩鼓舞士氣。這首詩在流亡倫敦的
自由法國電台播放，吸引法國的大量聽眾，也獲得了超現
實主義者並非脫離現實的肯定。「自由」是對抗獨裁、侵
略、霸佔的最佳武器，把「自由」到處寫在萬物上，是全
世界捍衛人類自由尊嚴的保障，也驗證了「自由」最後勝
利的歷史法則。

自然和諧

（印度）羅伊

在浩瀚的天空下

大自然不懂得隔絕

連山脈也有路

和山谷相通

河床淺灘有岩石

有些樹謙卑彎腰

橫伸出樹臂

好讓螞蟻　蛇　爬蟲

都能從容越過

崇高的埃佛勒斯峯不阻礙

群鳥從俾路支航向吉爾卡湖

甚至魚群可游數哩

嗅不出本土或異邦

可是　啊　愚蠢的人哪

海洋處處是同樣味道

不論太平洋還是印度洋

雨水親吻的大地氣息相同

天空的色調感動我們大家

不分種族隔離還是美國人

無限的自然在和諧中繁榮

何以我們要在同儕身上塗炸藥

我們要施人痛苦尋求幸福嗎

我們是假冒人性的性虐待狂嗎

【作者簡介】

羅伊（Priyadarshini Roy），1971年生。在海德拉巴的尼查
姆醫學院著名的臨床藥理治療系從事研究，2005年來台參
加高雄世界詩歌節，出版有詩集《砂丘》。

【內容提示】

大自然可以和諧共存，在和諧中求繁榮，然而「愚蠢的
人」，為什麼要「在同儕身上塗炸藥」，自相殘殺；「要施
人痛苦尋求幸福」，損人利己；變成「假冒人性的性虐待
狂」，十分的偽善者？這是作者基於人道立場，質疑人性的
墮落，為什麼不學習大自然的和諧呢？其實自然界弱肉強
食，適者生存，也是常理，不過大自然生態也有相互依存的
常軌，此詩重點在以對比方式，勸人為善，互相惕厲共勉。

別嚮往月亮

（安哥拉）韋克拓

黑少年呀　別嚮往月亮
在那麼遠的太空中
有未被揭開的祕密
要就嚮往人間
你最需要配給到的麵包

月亮是一件玩具
蘇俄和美國白少年的夢寐
他們總有一天會順手摘下
你對自由實在的夢想
別換成妄想

挖掘　057

在人世間　黑少年呀

你的夢想會實現或失散

和命運一樣

黑少年呀　別嚮往月亮

【作者簡介】

　　韋克拓（Geraldo Bessa Victor），1917年生。中學畢業後，
在安哥拉銀行當行員十年，然後前往葡萄牙首都里斯本攻
讀法律，隨後在當地執行律師業務。

【內容提示】

　　1960年代蘇俄和美國以大量資金投入太空競賽，登上月
球；而非洲許多國家正在努力爭取自由，擺脫被白人殖民
的命運。詩人勉其本國少年，嚮往自由和麵包，是可以實
現的夢想，如果不自量力也想登上月球，則是虛幻的妄想。

我是人

（幾內亞）杜拉奧

是的　我不學無術

我愚笨

我是骯髒的黑人

我吃毛蟲和樹根

還有野生果實

是的　我穿樹葉圍裙

我臉上刺青

耳朵穿孔

我實行一夫多妻

買老婆

賣女兒

用水代替衛生紙

我剃光頭

用手在葫蘆瓢內抓食物

就餐時打嗝

是的　我住茅屋

用石頭點火

用陶鍋煮東西

是的　我的風俗野蠻

我的藝術無所顧忌

一向被你當做野人

可是昨天

你忘了昨天

我還是用不潔食物充飢

我的生活習慣不文明

不像你一樣穿衣

不像你一樣擤鼻涕

不像你一樣小便

不像你一樣吃東西

甚至忘了我的皮膚黝黑

昨天

當國家危急的時候

我打我自己人

為了保衛你

昨天我的血混合你的血

在戰場上

我鮮紅的血和你鮮紅的血

昨天　我隨時隨地

都成為勇敢的表率

犧牲的模範

說我們是同胞

不用我歌頌

你誇讚我的英勇

我的忠誠和榮譽

今天

等到我有能力爭取自由

你露出了歧視的眼光

又說我是食人族

吃毛蟲和飛蝗

又變成野人

說我無資格享有自由

是的

你要剝奪我的自由

不要妄想

可是你卻深信

我是吃樹根樹葉的人

坐著撒尿

繫圍裙

你至所期盼

那些非人的要素

然而

人者在心

我知道盡心

人者在品德

我已具備

人者在理解

我已具備

人者在榮譽

我已具備

因此　我企求

我的權利

我的自由

我的尊嚴和你同等

因為　我是人

和你一樣

【作者簡介】

杜拉奧（Mamadou Traoré），1916年生。擔任教職，投入反殖民主義運動後，轉而從事貿易，成為活躍的公會領袖，也是非洲黑人勞工聯盟總會領導人物之一。

【內容提要】

非洲以前被歐洲白人稱為黑色大陸，似乎是未開化的蠻荒地區，連帶把非洲人都看成野蠻人，以歐美標準來衡量非洲人的習俗，沒有基於人的普世價值對待，要利用時，稱兄道弟，視為同胞。一旦非洲人爭取自由的時候，卻又鄙視為落後民族，這是不公平的民族歧視。誠然有些非洲地區開化較慢，但從人類史來看，全世界古人莫不是茹毛飲血過來的，非洲人只是被刻意醜化而已。

我是牧羊人

（葡萄牙）佩索亞

我是牧羊人

羊是我的思想

我的思想全部靠感覺

我用眼睛和耳朵思考

也用我的手腳

也用我的鼻嘴

思考花朵就要去看去聞

吃水果就要品嘗意義

這就是為什麼在熱天

當我饞得痛苦難耐

四肢張開躺在草地上

閉上我溫暖的眼睛

感覺全身躺在現實裡

我知道真理　我很快樂

【作者簡介】

佩索亞（Fernando Pessoa），1888年生。幼失怙，由繼父照顧在南非受教育，回里斯本後，一生為商家擔任翻譯，用約二十個筆名發表詩，晚年出版第一本葡萄牙文詩集，才被注意，過世後聲譽日隆。

【內容提示】

這是詩集《養羊人家》組詩中的一首，整本詩集充滿對大自然的熱愛。牧羊人是遊牧的勞動者，靠大自然牧草餵養羊隻維生，講求務實，憑實際觀察和感覺，不是用腦思考的抽象思惟浪漫方式，大自然的草地才是真正的現實。這是勞動生產者的真理，懂得真理就能掌握快樂的泉源。

李 樹

（德國）布萊希特

庭院裡長著一棵李樹
凋蔽到難以想像
四周用圍籬衛護
預防受到無情的損傷

這棵小樹已無法長高
它確實想再茁壯
生機難充分得到
僅能承受微弱的陽光

難以想像的一棵李樹
沒結過一粒李子
但畢竟還是李樹
可以清楚辨認出葉子

【作者簡介】

布萊希特（Bertolt Brecht），1898 年生。傑出劇作家和劇
場運動人士，二次大戰期間，因激進的社會主義思想，在
瑞士、丹麥、芬蘭、俄羅斯、美國等地流亡，戰後回到東
德。詩兼揉人道和反諷，富理想色彩。

【內容提示】

事務常有極端的兩面，重實質或重文飾。《論語》的〈雍
也〉篇：「質勝文則野，文勝質則史，文質彬彬，然後君
子。」質文諧合、相輔相成，當然是最理想。此詩表達的
是，外在不如意的情況下，表現雖難有結果，仍堅持應有
的本質，以微弱生機展現的「葉子」，證明自己的身分和
存在立場。

每當我眺望海

每當我眺望深藍的海

似乎看到孤獨奇異的鳥

巨翼鼓動時揚起

遠方海洋回響

傳到幽幽的林間

一陣狂風呼嘯

在我血液深處響起

海風

在水平線之間吹送

從森林的聲音發出叫喊

吞沒我的意識

夜裡

戰慄著黑暗以及

黎明時刻的光

這時我的幽暗充塞著

音樂　又強勁又奇妙

每當我眺望憂鬱的海

有一群鳥飛過

從含糊不清的聲音

出現完整的交響樂

我荒蕪的花園滿眼綠葉

在令人銷魂的風聲裡

原始的海翩翩起舞

而在渴慕的天空中

我注意到海的龐大身影

這時奇妙強勁的
深情音樂熱烈揚起波浪
沿著遠方的海岸

夏哈布汀（Fazal Shahabuddin），1936年生。1956年創辦《Kabikantha》詩刊，獨自編輯出版五十餘年，2005年來台參加高雄世界詩歌節，寫詩歌詠愛河，在孟加拉發表。得獎甚多，包括孟加拉學院詩獎、Ekushey Padak文學獎。

【內容提示 】

在陸地生活的人類，對廣闊無限的海洋，充滿憧憬、想像和嚮往，和鳥一樣自由自在翱翔，引起的感動又像音樂「又強勁又奇妙」。在海、鳥、音樂連成一串的幻象裡，不時出現森林、花園的陸地景觀，畢竟人脫離不了實際生活經驗，而這是一般認為超脫的優美環境。作者在眺望海時，心靈與視覺交相激蕩，呈現現實與想像組合的美好境界。

兩隻驢子

（德國）莫根斯騰

一隻驢子有一次對她
誠實的公驢說

「我那麼笨，你那麼笨
我們去死吧！傷心哪！」

雖然常常這樣提起
這兩隻卻活得快快樂樂

【作者簡介】

莫根斯騰（Christian Morgenstern），1871 年生。大學讀過經濟學和政治學，卻雅好哲學和寫詩，以怪詩或打油詩著名，常在詩中表現匪夷所思的思考，幽默有趣，獨創一格。

【內容提示】

笑人笨，常說「真驢」，驢子自己也以為笨死了，不如就去死。講歸講，卻活得快快樂樂。自認笨，但安分守己，可以活得自由自在；最怕的是，不聰明，卻自恃聰明，反而到處碰壁，灰頭土臉。「謙虛」讓人自省，瞭解自己的性情和能耐，適性適力而為，名實相副，自然心安理得；「驕傲」則目空一切，蒙蔽自己的心眼，失去改善求進的契機，反而養成墮落的心態，那才是「真驢」呢！

夜來香

（印度）噶納柯坦

媽要去聽講習

爸上茅屋樓

剛唱第一句搖籃曲

小弟弟就睡著

祖父一高興

就睡一下

房子也跟著睡

夜裡

所有花都不開

只有後院夜來香

徐徐綻放

我孤獨坐在

門階

等媽回來

在滿月的光輝下

你會想我嗎

噶納柯坦（Ganakoothan），二十世紀印度詩人，生平
不詳。

【內容提示】

夜來，家裡靜悄悄，睡的睡，離開的離開，獨自等外出的
媽媽回家，在月光下，只有夜來香相伴。夜來香在靜夜更
清幽，還顯得情意相隨，這時自然想起懷念的人，不知道
對方會不會想他（她）？無形中增加一位隱形人作伴，顯
示少年（少女）情懷，總不會寂寞。

往何處去

回去
回到鼓聲的日子
在樹蔭下歌唱
在陽光親吻的棕櫚樹下

回去
回到未開化的日子
少女都保持童貞
少年都不敢作壞事
因為敬畏傳統的神祇

回去
回到暗澹的茅屋

讓善良人安心居住
回到迷信的時代
還是要前進

前進　往何處去
在人擠人的貧民窟
滿是窮人餓殍的陋室
令人黯然悲傷

前進　往何處去
在工廠裡
讓沒有人性的機械
磨掉苦難的歲月
無始無終的單調生活

挖掘　083

【作者簡介】

戴安南（Michael Francis Dei-Anang），1909年生。留學倫敦大學，擔任過拉丁語教師，後從政，當過迦納總理。

【內容提示】

國家發展、社會進化，都會遇到保守與進步、傳統與現代化之間，何去何從的兩難。如果一味追求進步，而犧牲安居環境和善良風俗，抹滅人性；如果畏懼現代化，而墨守成規和落伍的生活習慣，甚至脫不掉迷信，都不是好辦法。

狗和香水瓶

來這裡，乖乖，漂亮的好狗狗，聞聞看，這瓶優秀的香水，是從巴黎最好的香水店買來的。

狗搖搖尾巴，我相信這是可憐的傢伙表示高興快樂的方式，走過來，把好奇的鼻子湊到開啟的瓶子。突然，狗驚恐後退，對我狂吠，怒氣沖沖。

「啊！悲哀的狗喲！我要是給你一包糞便，你會嗅得滿心歡喜，說不定一口吞下去。這方面，你很像大眾，不能供給精美的香水，免得激怒他們，只能給予精選的垃圾罷了。」

波德萊爾（Charles Baudelaire），1821年生。以詩集《惡之華》佔有世界文壇現代主義象徵派鼻祖地位，另一散文詩集《巴黎的憂鬱》也已成為經典作品，被公認為十九世紀最偉大的法國詩人。

【內容提示】

這是《巴黎的憂鬱》中的一首散文詩，或稱為分段詩。早期詩是以韻文方式寫作，與散文截然劃分，到自由詩時代，以散文為工具，分行成為斷句的依據，散文詩則以分段為特徵。此詩顯然對當時巴黎社會的庸俗，加以無情的諷刺，狗只是旁敲側擊的虛擬對象，高貴的香水對狗不但毫無意義，甚至會驚恐到採取敵對態度，不如一包糞便才是美餐。如果狗不識貨是庸俗，反過來說，給狗無用的化妝品，也無疑是庸俗的施捨。

盲　腸

（德國）貝恩

大家蒼白站著準備開刀

刀具冒蒸氣　腹部擦拭過

在白布遮蓋下有呻吟的聲音

「老天　準備好啦！」

第一刀　好像在割麵包

「夾住！」紅血冒出

深一點　口罩濕熱　換新

桌上擺設一束玫瑰花

那流出來的是膿嗎

會不會傷到腸子

　087

「醫師　您站在那裡遮住光

連鬼都看不見腹膜

麻醉師　我沒辦法動手術

這個人腹部在抽搐」

靜悄悄　沉悶的濕氣

剪刀破空鏗鏘掉到地上

護士有天使般機警

遞過無菌止血綿塞

「污物中什麼都找不到！」

「凝血了　口罩脫掉！」

「可是　老天爺　好兄弟

把腳後跟夾緊一點！」

全部纏在一起　終於找到啦
「護士，烙器！」他噓聲說

孩子　你剛剛真幸運
這東西差不多快要穿孔了
「看到這小綠斑沒有？
三小時後　腹內全部是污物」
縫合　紮繃帶　石膏板拿來
「早安　先生」
　　　　　大廳空蕩蕩
死神氣得咬牙，氣沖沖
躡足走過癌症病房

貝恩（Gottfried Benn），1886年生。擔任軍醫，成為皮膚病和性病專家。因附和德國納粹，不見容於社會，第二次世界大戰後，噤聲很久。被認為表現主義代表詩人之一。

【內容提示】

作者身為醫師，每天看到病患在痛苦中掙扎，於生死之間交戰，用詩觀察病院的各種現象，冷靜、理性，像一把解剖刀。此詩活生生描寫醫師開盲腸的過程，對話簡潔有力，使讀者如親歷其境，而醫師得以成功搶救生命的欣喜，充分表露無遺，打敗死神的戰績，無疑是醫師捍衛人命最大的成就。

肥皂泡

（荷蘭）布宜絲

水加肥皂

在夏天靜靜的日子裡

一支小小的陶土管

小孩吹著泡泡

飄浮穿過花園

像一幅圖畫

內心深處

存在的影像

沉潛在安寧中

整個世界映照在泡泡裡

色彩融合成空前柔和

處處是上天溫馨的光彩

心隨著向上飛揚

高高一直到

看不見泡泡的地方

飄浮離開了現實

【作者簡介】

布宜絲（Anneke Buys），1945 年生。自修英、德文，寫詩、小說，後興趣轉往雕塑，活躍於荷蘭及國際詩壇，數度來台灣參加詩歌和宗教活動。

【內容提示】

小孩從肥皂泡變幻多樣的溫柔色彩，看見欣喜的圖案，映照想像中的影像，形成心目中最美的彩色世界，心也隨著肥皂泡向上飛揚，離開現實，飄浮到想像的世界。這差不多是每位小孩經驗過的快樂時光，那奇幻、捉摸不定的想像趣味，和萬花筒一樣難以忘懷吧！

肥皂雕刻

靈巧的手指

拿著工具

把肥皂雕刻成

設計的詩篇

象牙雕刻師傅

也比不上這位兒童

如此專注於

他的精心作業

一片一片

把雕琢花邊的

一粒球珠挖空了

精品脆弱

雖然外表光澤

禁不住手指觸摸

最溫柔的手

也會破壞形體

肌膚的水分

更會加以腐蝕

所以要保管在高架上

當做紀念品

代表青春

不盡的追求和努力

【作者簡介】

懷特（Barbara White），1930年代生。擔任過紐西蘭國際作家工作坊執行長，1985年創辦國際性《詩歌》半年刊。

【內容提示】

肥皂雕刻的勞作，也是一項藝術創作，要全神貫注，力求完美，和人的品格養成過程一樣。而完美的藝術品不但是值得創作者紀念，更是人類精神遺產的結晶，要特別保護，才不易損壞。所以參觀博物館等，不能用手觸摸展示品，就是這個道理。

思　想

（希臘）柯連提亞諾斯

堅持真理遠離眾人
只有勇敢是真實

我有兩項大權利
微笑和希望

詩人
最不快樂的人
繆斯呀
請安慰他

唯一超越慈愛的是
為慈愛沉默

無人愛我或恨我

但我因孤獨而快樂

微笑就夠了

不需要其他禮物

如果上帝存在

情形就不同

祂可以撫慰我們的悲苦

讓我們為祂的孤獨奉獻

上教堂和信仰

其間有差別

我寧願保持信仰

不要花

不要玫瑰

在我詩人風塵的路上

【作者簡介】

柯連提亞諾斯（Denis Koulentianos），1935生。曾留學英美，在國際詩壇非常活躍，為國際桂冠詩人協會榮譽副會長，出版有詩集《雙子星座》、《紫羅蘭和匕首》等。

【內容提示】

哲理詩是詩人把自己的觀念或思想，用詩的形式表達。作者在簡短詩中提綱挈領列舉人生觀：堅持真理、常露微笑、保持希望、施愛不言、寧願孤獨、自得其樂、衷誠信仰、不飾虛華、戮力詩業，這些倫理值得參考、修持、奉行。可見詩無定規，有各種風格、各種技巧、各種內涵、各種形式，讀詩有助於自由人格的養成、性情的滋潤。

挖　掘

（愛爾蘭）希尼

粗短的筆靠在我的食指

和拇指之間　安適如槍

在我窗下　清脆震耳的聲響

是鐵鍬鏟入礫石的地面

父親　在挖掘　我俯視

看到他奮力的臀部在花圃間

下彎　上升　歷經二十載

穿過他挖掘的馬鈴薯壟溝

有抑揚起伏的節奏

粗靴踩著圓鍬凸緣　長柄

貼緊膝蓋內側使勁撬

他連根挖出厚土　深鍬亮刃

把新薯四散一地　我們撿起

喜愛那在手中涼涼的實在

真的　老爸真會運用圓鍬

就和他的老爸一樣

我祖父在屠納地方的沼澤

一天挖到的泥炭比別人多

有一次我帶給他一瓶牛奶

紙塞溼濕　他挺起身來

喝了　立刻彎腰
俐落地又鑿又削　把草土
過肩拋出　愈挖愈深
尋找好泥炭　挖掘

馬鈴薯田土冷峻　濕漉漉的
泥炭唏哩嘩啦　在我腦中喚起
切斷活根邊緣的短促聲響
可惜我沒有拿圓鍬繼承家業

粗短的筆靠在我的食指
和拇指之間
我要用筆挖掘

希尼（Seamus Heaney），1939 年生。在大學執教多年，獲
得國際間多項重要獎項，1995 年得諾貝爾文學獎，出版詩
集有《自然主義者之死》、《觀察事物》等。

【內容提示】

筆是文人的武器（槍）和農具（圓鍬），提供戰鬥和生
產，一如作者的父親和祖父，代代相傳，勤於種馬鈴薯和
挖泥炭。詩中描寫農民（以作者父親為典型）以勞動生產
為樂，工作時渾身是勁。作者一方面歌頌勞動神聖，自嘆
「吾不如老農」，另方面自覺到應該各盡其才，自己唯有
靠努力筆耕，始能發揮人的價值和生存的意義。

狩 獵

（印度）古爾札

黃昏了

整天

鹿隱身

在森林中

像幽魂

我的箭矢

瞄準牠頸項

牠機靈

不亞於我警覺

倏爾一瞥

牠隱入

樹後

在我走近時

牠已跑掉

轉眼我看到牠

在遠方山丘上

或躍過泉水

牠瞪著我看

甚至像我發誓

不會讓牠失去蹤影

我懷疑

究竟誰獵誰

誰是獵者

誰又是獵物

早晨

當我進入森林

我確信我會

行軍回到城市

帶著好玩的鹿

像旗幟展開

在我的槍矛尖上

可是白天

將盡

如今我心中

擔驚害怕

或許　終究

會是鹿

行軍回到

牠的穴

帶著我的軀體

刺穿在牠的鹿角上

【作者簡介】

古爾札（Gulzar），1936年生。出生於傑赫拉姆，如今屬於
巴基斯坦，在德里受教育，後遷到孟買，以烏爾都文和印
地文寫詩，成為作家和製片人。曾獲七次國家文藝獎。

【內容提示】

狩獵是人類對獸物的肆意屠殺，無論是做為一種休閒運
動，或是狩獵民族賺取食物的活動，就動物而言，成為慘
重的災難。反之，在野地裡，動物為了防衛地盤或安全，
或者飢餓時，也可能把人類當做獵物。因此，相對而言，
彼此都可能是獵者或獵物。不過因為鹿屬於溫馴動物，不
是猛獸，詩中的雙向思考，顯然是作者基於人道立場的反
思，假如獵者反而成為獵物，則將如何？

原始風景

（德國）格奧爾格

老鷹在陰森的雲杉飛向藍天
一對狼在下方林中空地出現
到淺灘急流舔水砸砸咋咋響
凝目直視警戒帶動血脈賁張

從鋪平的針葉墊竄出一群鹿
急忙跑來喝水迅即膽怯跑入
黑暗森林　只留下一隻孤單
離開鹿群在沼澤地等候死亡

此處肥草從未遭受利剪宰割
但樹幹倒下　顯示強手施捨

因為下面是凌凌亂亂的濕地
於此泥淖中蒸發揚起的臭氣

以及白熱到灼灼刺人的陽光
使耕地展現生機且收成可觀
老祖父勤耕作老祖母忙擠乳
命運注定這樣餵養整個家族

格奧爾格（Stefan George），1868年生。年輕時常到巴黎，
與象徵派詩人過從密切，經常在歐洲各地旅遊，1892年創
辦《藝術之頁》，維持達27年之久，也是一位成績卓著的
詩翻譯者。

【內容提示】

詩人以意象入詩，就要勤於觀察萬物，尤以自然景象風物
最為豐富，許多詩人都有詠自然的優美詩篇。作者歌詠自
然意境的原始性，肥草、枯木、濕地，保持未受人為干擾
破壞的狀況，但弱肉強食畢竟是自然界競存的生態，凶悍
的老鷹、狼與溫馴的鹿，呈強烈對比，一邊虎視眈眈，另
一邊困在沼澤地等待死亡。而人則在充分的陽光下，從事
農牧耕作維生，靠健康的勞動養活家人，這是一幅物競天
擇的原始風景圖畫。

海的風景

（日本）堀口大學

海是灰色的牧場
白色波濤就是綿羊群吧

船散步著
一邊抽著菸

船散步著
一邊吹口哨

【作者簡介】

堀口大學（Horiguchi Daigaku），1892年生。青年時期即參加「新詩社」，習作短歌，後擅長創作自由詩，並勤於翻譯詩，以《月下的一群》著名，出版許多詩集，有《砂枕》、《人之歌》等。

【內容提示】

海陸（牧場）物象的轉換，白色波濤與綿羊群，在視覺上的類比自然出現。特殊的想像是，船隻的擬人化，船鍋爐燃煤的煙囪冒煙，比喻為人在抽菸，船螺的鳴聲，好像人在吹口哨。非常精緻明朗的意象，呈現一幅悠然神閒的安詳風景，表達作者灑脫的態度。

海　濱

海鷗在港口飛翔

暮色開始下降

在潮濕的沙灘上

映照著夕陽

灰色的鳥翼

掠過水平

海上霧裡島嶼

有如夢境

我聽見沼澤神祕

冒泡的音響

挖掘　115

寂寞的鳥鳴啊
和平常一樣

風再度緩緩凝視
就此靜默無言
顯然那聲音已是
超越深邃底淵

　　施篤姆（Theodor Storm），1817年生。以短篇小說見長，因
《茵夢湖》而享盛譽，其詩以樸素和簡潔著稱，類似民謠。

【內容提示】

　　描寫海邊暮色的情境，寧靜的風景映照安詳的心情。島嶼
在海霧裡若隱若現，在神祕中如夢似幻，讓人陶醉在浪漫
的想像裡。意象著墨清淡，視覺效果卻非常凸顯，一片海
濱景象宛如就在眼前，有身歷其境的臨場感。

海鵜之歌

（日本）田村隆一

眼睛已經看不見了　淚水

變得沉重

飛也飛不起來了　羽毛

變成鉛錘

魚啦天空啦　在死海上

漂流著

人類真是愚蠢　因為眼睛看不見

沒有警戒　心也變成鉛錘

面無表情　呼喊著空虛的語言

田村隆一（Tamura Rhiuichi），1923年生。他是日本在第二次世界大戰後，經過詩刊《荒地》到《都市》成長的詩人，在日本現代詩壇聲望很高，著作豐富。

【內容提示】

1991年中東戰爭時，有油輪被轟炸，漏油布滿海面，報紙刊出一張照片，一隻海鵜掙扎在礁岩上，全身被重油黏住，眼睛看不見，翅膀張不開，飛不起來了。這張照片震撼全世界，對荒謬戰爭的批判，勝過千言萬語。作者以此影像反省批判人類像那一隻海鵜一樣，盲目（眼睛看不見）而且狠心（變成鉛錘），只有空口喊話，無法真正解決爭端。

純樸的生活

（俄羅斯）阿赫瑪托娃

我學習過著純樸明智的生活

研究天文　向上蒼禱告

黃昏前在室外散步幾小時

消除不必要的憂慮

當牛蒡在小峽谷裡騷動

花楸果實一串串紅黃懸垂

我創作歡欣的詩篇

歌頌生命的無常和優美

我走回家　毛茸茸的貓

親舐我的手　耐性等候

而熊熊火焰突然亮起

在鋸木場高塔附近的湖泊上方

孤孤單單　偶爾白鸛的叫聲

投遞到屋頂上　劃破靜寂

此時　如果碰巧你來敲門

我真的恐怕會聽不到

【作者簡介】

阿赫瑪托娃（Anna Akhmatova），1888年生。第一次世界大戰爆發前，在聖彼得堡詩壇已獲盛譽，蘇聯共產黨執政後，她的詩被禁，兒子被捕，但國際聲望愈隆，1963年獲英國牛津大學榮譽文學博士。

【作者簡介】

人生經過風浪襲擊後，會更珍惜生命，體悟純樸生活的可貴。作者嘗藉用詩為苦難大眾發言，因而招政治之忌，受害很深，甚至婚姻破碎，兒子遭牢獄災厄，自己也生活困苦，但仍然對純樸的生活甘之如飴，親近大自然，不忘寫詩，肯定生命的意義和價值，也心存感激好友的關懷，並不因遭遇違常而憤世嫉俗。

茵妮絲湖島

（愛爾蘭）葉慈

我正要動身前往茵妮絲湖島

用柳條和泥土搭建一座茅屋

栽九行蠶豆　也為蜜蜂營巢

　獨居在蜂聲營營的林中深處

我要享受寧靜　寧靜緩緩滴落

由晨幕滴落到蟋蟀吟詠的地方

夜半一片朦朧　午間紫光閃爍

　到了黃昏 滿眼是紅雀的翅膀

我要動身前往　不分白晝夜晚

我經常聽見湖水輕聲溫柔拍岸

每當我在街頭或灰色人行道上

　總不斷聽見在我內心深處呼喚

【作者簡介】

葉慈（William Butler Yeats），1865年生。曾與友人創辦愛
爾蘭文學劇場，被尊為二十世紀最偉大的英語詩人之一，
1923年獲諾貝爾文學獎。

【內容提示】

與自然同在，生活在清靜的大自然，是許多人嚮往的美好
人生，然而在現代都市社會裡，偏偏身不由己，陷在忙忙
碌碌的生存競爭上，徒耗時光。作者也是在這樣的矛盾中
掙扎，無法擺脫日常營營的工作，對想像中期待殷切的寧
靜環境，只能在內心深處不斷聽見呼喚，仍不能隨心所欲
投入自然的懷抱。

彩虹的盡端

（南非）賴夫

在彩虹的盡端

兄弟　在那個地方

世界上什麼樣的歌曲都可以唱

兄弟　我們可以一起唱歌

你和我　雖然你白我不白

兄弟　那是傷心的歌

因為我們不瞭解如何相處

那是很難學習的方式

可是我們能學　兄弟　你和我

沒有一種方式固定是黑人的方式

沒有一種方式固定是白人的方式

只有一種音樂　兄弟

就是我們要唱的音樂

在彩虹的盡端

【作者簡介】

賴夫（Richard Rive），1931 年生。留學英國牛津大學，在
開普敦教英文和拉丁文。他以小說《非洲之歌》聞名，出
版過自傳《寫黑人》。

【內容提要】

南非在被歐洲國家殖民統治時代，以種族隔離政策，採取
對黑人不平等待遇，讓當地人失去自由和做人的尊嚴。自
由平等是人類應有的普世價值，不分膚色、民族、國籍、
性別、階層、職業、年齡等等，應該彼此尊重，和諧相
處。就像音樂，每個人都可以唱，表達各人的喜怒哀樂，
感同身受，相互感動。

晚　歌

（德國）布倫坦諾

在悅人的寂靜叢林
樹葉隨風輕輕蕩漾
太陽正待卸妝就寢
任金黃的綾羅衣裳
褪落在青綠的草地
嬌小花鹿食草充飢
沐浴著火紅的夕陽

在清澈潮流的水源
小魚孃不再嬉戲
各自尋覓地方安身
找習慣的目標地
傾聽薄醉的波浪

沉沉進入夢鄉

在冷靜的彩石間

細長的鐘形花朵

環列在斷崖峭壁上

因為在地面耽擱太久

小蜜蜂不斷營營鳴響

投宿於過夜的旅舍

在蔚藍的柔軟天幕下

溜入帳內迅即靜默

小鳥啊　你們簡陋的巢

完成晚歌的優美小調

有如城堡般堅固牢靠

神在夜裡保護溫馴小鳥

免遭野貓和黃鼠狼銳爪

在睡眠中突襲威嚇

神守護萬物不受騷擾

不渝的神　祢不遠離

我們把空虛的人群

無損地從朱門宅第

引至無邊荒野孤獨伶仃

祢會建造茅屋給我們

因我們馴良而滿心虔誠

定能安息在祢懷抱裡

【作者簡介】

布倫坦諾（Clemens Brentano），1778年生。德國後期浪漫主義代表性詩人，家族混有德國、義大利和法國血統，感覺特別敏銳，詩中交織現實和夢想。

【內容提示】

觀察入微、描寫細膩、想像豐富、熱情洋溢，是許多浪漫主義詩作的特色。作者描寫黃昏後，大自然一片寧靜的氛圍，令人感受到安詳的世界。入暮後，連太陽也溫柔到女性化，準備「卸妝就寢」，於是花鹿、小魚孃、鐘形花、小蜜蜂、小鳥等，都要歇睏了，白天的紛擾化成靜謐。詩人也期待把人群帶領到無邊的曠地，守著孤獨，接受神的撫慰（神可視為大自然的化身）。

淚　珠

（韓國）鄭漢模

母親的眼淚
是真珠
做為光澤的種珠
植入子女心中

種珠在子女心中長大
有不可言喻的自豪
是熾熱的附件
有時候
是刺骨的痛
最後成為耀眼的真珠
有不能逼視的光芒

卻有邪惡的黑手

企圖把炫目的太陽

變成沒有光澤的真珠

把真珠變成苦澀的眼淚

把眼淚變成平淡的水

邪惡的黑手斂跡吧

母親的眼淚

是真珠

在黑暗中

甚至白天放射光芒

【作者簡介】

鄭漢模（Chung Han-mo），1923年生。曾任韓國詩人協會會長，韓國文化藝術振興會會長，出版有詩集《黎明》、評論集《現代詩論》等許多著作。

【內容提示】

母親養育子女，常受盡委屈、辛勞，在每位子女眼中，母親的眼淚都像真珠一樣放射晶瑩的光芒，就像種珠植入子女心中，再傳給下一代，這種無與倫比的大愛，就存在人間形成永恆的普世價值。然而，世間常有反面邪惡的力量，要把善良顛覆，不過一時的黑暗，還是抵不過永久光明的太陽！

連禱

我把陽光捧在手中

感謝這樣亮麗的日子

生命啊　我感謝你

陽光像扇在我手中展開

陽光像猩猩木樹汁般的紫

陽光像山扁豆樹汁般的黃

陽光像純淨的水

陽光像碧綠的仙人掌

陽光像閃爍的海

陽光像潔白的馬

陽光像烤焦的天空

陽光像熱帶的山崗

陽光像聖物捧在我手中

阿門

【作者介紹】

康培爾（George Campbell），1918年生。學校畢業後擔任過新聞記者，二次世界大戰結束後即旅居美國。

【內容提示】

陽光是一切生物能量的來源，給予人類光明亮麗的生活，不分貴賤，一視同仁，七原色紅、橙、黃、綠、藍、靛、紫，使萬物呈現多姿多彩的個別特色、和諧的景觀，這是大自然恩賜的聖物，我們人人擁有的陽光值得珍惜。

挖掘　135

野　雁

（愛爾蘭）泰南

我聽到麻鷸哭啼

在孤寂的荒野和湖濱

海鷗在夕暮悲泣

是耳中最寂寞的聲音

我聽到褐色畫眉哀怨

痛失了寶貝心肝

而無家可歸的野雁呀

就在黎明前啟航

麻鷸走出了荒野之地

窩裡生下五粒小蛋

畫眉總會再獲得新寵

選最好聽的歌來唱

正當燕子飛到了夏季

海鷗也回到海上

可是野雁卻不再展翼

越洋回到我身旁

【作者簡介】

泰南（Katharine Tynan），1861 年生。是結合浪漫主義和愛爾蘭民族主義的凱爾特文學復興運動的一位領導詩人和小說家，最著名小說是《森林中的屋子》，1930年出版《詩集成》。

【內容提示】

野雁是候鳥，秋季南飛，春後北返，隨季節變化而遷徙適應場地，故居無定所，形同無家可歸。作者眼見麻鷸、海鷗、畫眉，都熬過艱困的氣候，苦盡甘來，唯獨追求安逸的野雁，卻一去不回，不禁感嘆。此詩不無隱喻期待中的人物或事情，終不得再見或重現的失望心聲。

晴朗的高原

（蒙古）哈達

從阿爾泰山到興安嶺

從貝加爾湖到大興安嶺山脈

牛羊成群漫遊在

向陽的山坡上

鷹隼盤旋

穿越太平洋的野馬已回歸故里

自從開天闢地出現人類

祖先就勞動漁獵

河流森林草原戈壁

無盡的鮮花奶蜜

祖輩遺產如繁星

跨越多瑙河的野馬已回歸故鄉

【作者簡介】

哈達（Sendoo Hadaa），1961年生。在蒙元帝國京城的上
都長大，上世紀八十年代末回歸蒙古祖國，任國立大學教
授，2006年創辦《世界詩歌年鑒》，2009年獲蒙古作家聯
盟獎。諳多國語文，詩作富蒙古特色，又具國際關懷。

【內容提示】

蒙古馬是世界著名驍勇善跑、快奔耐久的良駒，自蒙古帝
國衰弱後，逐漸瀕臨絕種，後由匈牙利保有的原種，引進
回到蒙古，在野地保護區放生飼養。傳說蒙古野馬無論跑
到世界什麼角落，都會奔回到蒙古故鄉。此詩描寫蒙古自
然豐富的地景和物產，每段結尾跳越到「野馬已回歸故里
／鄉」，一從美國，一從歐州，顯示由野馬隱喻的蒙古人
愛國情切，對故國的向心力。

結　局

（義大利）翁加雷蒂

不再咆哮　不再細語的海洋
海洋

無夢也無色領域的海洋
海洋

慈悲為懷的海洋
海洋

雲不加思索地飄動的海洋
海洋

挖掘　141

給憂悶的霧氣讓出眠床的海洋
海洋

如今看來已然死寂的海洋
海洋

【作者簡介】

翁加雷蒂（Giuseppe Ungaretti），1888年生。出生於埃及的
義大利移民家庭，1921 年定居羅馬，後因政治緣故流亡國
外多年，1942年才回到故國，已然是譽滿國際的詩人。

【內容提示】

人類習慣在陸地生活，對佔有地球表面百分之七十一的海
洋，所知遠遠不足，因此造成海洋在大多數人的心目中，
充滿神祕感。詩人對海洋的歌詠和描述，也就多姿多彩，
有各種不同的想像。作者出生地是亞歷山大港，成長過程
中又經過五湖四海，對海洋自有種種的觀察。在此詩中卻
偏向寧靜、沉寂的表現，這是和詩人創作時的心境，和他
藉外在來表達內心的思念相關，以點描式的手法點到為
止，留給讀者自己補充想像的空間。

紫　苑

（立陶宛）吉拉

我在外面花園的牆邊

看見遲開的紫苑綻放

我不惋惜盛夏已過

嘆息秋天蕭瑟

我在外面花園的牆邊

看見遲開的紫苑綻放

碧空有動人心弦的喜悅

只有昨天屬於我們

聽到嘲弄花開的笑聲

瞥見頭上的雲陰陰沉沉

紫苑也即將凋謝

在外面花園的牆邊

我不惋惜盛夏已過
嘆息秋天蕭瑟

每人心裡在光陰腳程內
遭遇季節顏色的變換
若初戀突然在讚美中甦醒
春天就展現芬芳的故事
熱烈的歡愉把我們俘虜
一如盛夏金喇叭在招喚
當痛苦損毀我們的喜樂
日子正訴說秋天的韻律

挖掘　145

我在外面花園的牆邊
看見遲開的紫苑綻放
我不惋惜盛夏已過
嘆息秋天蕭瑟

【作者簡介】

　　吉拉（Liudas Gira），1884年生。是立陶宛二十世紀最佳抒情詩人之一，受到波蘭文學的影響，其實波蘭在文化和社會史上，和立陶宛息息相關。

【內容提示】

　　花卉有季節性，綻放有定時，但有時意外反而令人驚喜。紫苑開放春色，作者因在牆外發現遲開的紫苑，惋惜盛夏早已過時，秋天已進入蕭瑟景象，此時紫苑花開確實不合時宜，只能享有昨日繁華的喜悅，恐怕也無法持久。但不趕熱鬧的孤芳，在寂寞中特別展示難得的春天芬芳，更顯示其獨佔一枝春的特立性格。

給布穀鳥

（英國）華茲華斯

快樂的新朋友呀　我已聽到

　我聽到你的聲音　無比高興

布穀喲　我應該稱呼你是鳥

　還是當作到處流浪的歌星

正當我靜靜躺臥在草地上

　聽到你加倍起勁賣力叫喚

傳遍了連綿的翠嶺和山崗

　似乎已經遠揚　卻還在身旁

雖然只有對山谷啁啾傾訴

　谷中到處滿是花卉和陽光

你特別為我帶來一則故事
　　讓我沉湎在夢幻中的時光

新來的寵兒　再三深表歡迎
　　在我的心目中　確實不把你
當作鳥　而是看不見的精靈
　　有一陣歌聲　就有一樁神祕

我在學童時代聆聽的　同樣
　　是你的嚶鳴　那悠揚的吟詠
引我急切往四面八方去追尋
　　向林木叢中　樹梢上和天空

為了目睹你的丰姿　我常在

　林中和草原不斷徘徊流連

你仍然是一項希望　一種愛

　始終在我渴望中　未能一見

但我還是能聽見你的婉囀

　可以躺在曠野上盡情傾聽

直到我自由自在一脈相傳

　又逢黃金時代的翩然來臨

幸福的鳥啊　我們安詳居住

　所在的大地　已經顯現一片

空靈縹緲的祥和神仙樂土

　正是你最適宜長住的家園

【作者簡介】

華茲華斯（William Wordsworth），1770年生。在1798年和柯爾律治共同執筆《抒情歌謠》，成為新浪漫主義詩的宣言。

【內容提示】

布穀鳥有許多名稱：杜鵑、杜宇、子規、鳩等等，體形近似鴿子，春來時鳴聲像「布穀（播穀）」，因而得名。布穀鳥是借巢孵雛的特殊鳥類，產卵在畫眉鳥等的巢內，利用這些鳥代為孵育。杜鵑花開季節，正是布穀鳥大鳴大放之時，因鳥喙口腔和舌頭都是紅色，故傳說是歌唱到吐血，染紅了杜鵑花。布穀鳥適合生活在溫帶和熱帶，冬天南飛，春暖北返，算是候鳥。詩中對布穀鳥的期待，象徵著迎接春天「黃金時代的來臨」。

給母親的信

到達冰凍的河流時
我想到水底下的生物

夕陽西下
飢餓的感覺
立刻使我想到嬰兒時

這裡離開高速公路才十公里
已成不同的世界

小小山城稀疏的燈光
給我盛大歡迎和快樂

那新亮起的小燈
是在誰的母親手中呢

我自己搖晃的影子
拿著漁燈
在冰凍的河上愈來愈亮

【作者簡介】

朴義祥（Pak Eui-sang），1943年生。出版詩集有《本週下雨》、《給春天》、《岩石阻路》等，獲韓國詩人協會獎。

【內容提示】

人在外工作，遇到挫折，例如生活不順、飢餓、寒冷、寂寞，特別會想家，想到母親。母親永遠代表溫暖的家，是遊子的避風港。作者集中表達飢寒交迫的情境，天又暗了，更是難耐。這時，燈亮起，雖然稀微，但給人溫馨、希望，就像母親的吸引力。而想到母親，已有幾分承受不住的搖晃身影，產生了力氣，感到微弱的小燈也愈來愈亮。

給雷蒙汀的小詩

（海地）德佩詩

一首詩的價值

比不上自由

詩不能在斗室天花板

描繪天空

詩不會在手心

產生溫暖

也不能對鴿群

鼓舞勇氣

但詩可以承擔一切

航向開放的心靈

航向希望的遼闊海洋

詩的生命力
贏過一大隊警察

但願我這一首詩
在你的牢獄上空盤旋
以百萬夥伴的吼聲
為你的釋放高唱

德佩詩（René Depester），1926 年生。當過新聞記者，
後參加政治運動、辦報，報紙被查禁，流亡法國，前往古
巴，轉往巴西經營出版社。

【內容提示】

詩雖然比不上自由重要，也不能當飯吃，但做為精神的糧
食，卻是無可比擬的，可以穿過重重的封鎖，甚至銅牆鐵
壁，讓關在牢獄裡的受難者，獲得心靈的安慰，鼓舞起生
命的意志力，也可以使喪失信心的人，重燃希望的火燄。

菩提大道

（俄羅斯）巴斯特納克

難以想像之美的房屋

設在林園勝地　又冷又幽暗

有圓拱大門　還有草地　山丘

公園再過去是燕麥田和樹林

此處　華蓋樹梢彼此掩護

巨大的菩提樹糾結籠絡

以低調　靜謐的態度慶祝

二百年樹齡的歡樂誕辰

在樹枝交錯成天幕的下方

橫越規則性迤邐而過的

對稱大道　花卉盛開

佈滿草坪上的花圃

樹蔭下　沙質的步道上

幽暗中沒有凸顯一絲光點

只有公園遠遠的進門處

　　　如像隧道口

如今花季已開始

圍牆內的菩提樹在陰影

周邊附近顯露且傳播

無法抗拒的訴求

遊客穿著夏季的服裝

在沙沙響的沙地上散步
呼吸不追求流行的芬芳
只有蜜蜂能夠辨識

這種吸引人的香味是主題
然而　無論好看不好看
花圃　草坪　花園
不過是一本書的封面

塗蠟般錦簇繁華的花朵
在大樹上顯得沉著老態
被雨滴點燃　灼灼閃爍
在它們圍繞的住宅上方

【作者簡介】

巴斯特納克（Boris Pasternak），1890年生。年輕時學鋼
琴，留學德國念哲學，結果卻參加了未來派詩人社團。以
小說《齊瓦哥醫生》成名，獲1958年諾貝爾文學獎。

【內容提示】

菩提樹是一種大型喬木，高可達三十米，樹幹筆直，樹冠
廣延如華蓋，一如榕樹，夏季開花，是最好的行道樹。德
國柏林有著名的菩提大道，作者可能即描寫此景，這是豪
宅區吧，二百年高齡的菩提樹林蔭大道，樹蓋遮天蔽日形
同隧道，道旁遍植花卉，步道是沙質地，走路會沙沙響，
多麼幽雅靜謐，令人嚮往！又，相傳佛祖是在菩提樹下參
悟得道，故在佛教裡被視為覺樹，是智慧的象徵。

菩提樹

（德國）穆勒

在大門前的水井旁邊

生長著一棵菩提樹

我曾經在那樹蔭下

做過甜蜜的美夢無數

我在菩提樹皮上刻下

無數喜愛過的字句

不論是歡樂或悲傷

總是會引我向它走去

我常在寂靜的深夜裡

在菩提樹附近散步

而且在一片黑暗中
還要把眼睛緊緊閉住

菩提樹枝葉颯颯作響
彷彿正在向我呼喚
朋友　到這邊來吧
　這裡可找到你的聲望

冷冷的風迎面吹過來
正好衝著我的臉孔
把頭上的帽子吹落
我依然佇立絲毫不動

挖掘

如今我已經很久很久

遠離開了那個地方

還常聽見颯颯聲響

讓人感到滿懷著安詳

穆勒（Wilhelm Müller），1794年生。是一位敏銳的抒情詩
人，其《希臘之歌》因受到希臘對抗土耳其的激勵，而贏
得「希臘穆勒」的稱號，他的詩受到舒伯特垂青譜曲，隨
著名揚四海。

【內容提示】

菩提樹是常綠喬木，高可數丈，枝葉廣被，在那樹蔭下，
令人心境安詳。印度釋迦牟尼在菩提樹下靜修悟道，在佛
教經典裡，菩提樹亦稱為道樹或覺樹。作者在菩提樹下長
大（隱喻著童年時的故鄉情境），成長後離鄉背井，在異
地思念故鄉和親人，藉回憶菩提樹下的生活往事，撫慰鄉
愁，求得內心的安寧。

雲　雀

大地青翠　天空涵碧
　我經歷某晴朗的早晨
雲雀浮遊在天地之間
　五穀上方的鳴囀一粒

下界的舞台一片歡暢
　白蝶展翅任飛舞翱翔
依然吟唱的雲雀翻揚
　下降寂然　上揚激昂

穀田延伸成柔和綠濤
　隨著我閒步伸向兩旁

挖掘

我知道他隱藏的窩巢

　　在千萬株樹叢的某方

我停下腳步聽他歌唱

　　陽光的步伐迅速滑移

或許有伴侶靜坐聆賞

　　比我還要更忘機入迷

羅塞蒂（Christina Rossetti），1830年生。詩以宗教題材為主，顯示受到前拉斐爾藝術運動的影響。

【內容提示】

雲雀屬百靈科，是一種鳴禽，因在飛行中發出鳴聲悅耳婉轉、尖細悠揚而著名。雄鳥不時在空中賣力鳴唱，拚命拍動翅膀表演絕技，以吸引雌鳥，求得歡心。歐美常以雲雀來象徵詩人，比喻其作品優美動人。台灣南部有一種小雲雀，稱為半天鳥，就是因為喜歡振翅上衝，停在半空中，歡唱舞動而得名，是很奇特的鳴禽。

想　念

（蒙古）額爾登奧其爾

雲雀鼓動翅膀

確實　快要下雨了

使我想起妳

白鸛鳥在我心中繞

確實　旋風快要平息了

使我想起妳

雲籠罩　帶來潮濕味

確實　幼駒快要掙脫羈絆了

使我想起妳

山在霧帳後面暗澹下來

確實　雨水快要瀉到山前了

使我想起妳

騎士自遠方來

確實　他正要去找馬了

使我想起妳

豪雨突然傾瀉而下

確實　牛糞快要淋濕了

使我想起妳

足腱傷殘一個月未癒

確實　我快要哀嘆了

使我更加想起妳

【作者簡介】

額爾登奧其爾（Arlaanii Erdene-Ochir），1972年生。蒙古
作家聯盟《潮歌》文學雜誌主編，曾獲國家水晶杯詩歌
獎、世界蒙古語詩歌首獎、丹曾阿爾佈加詩歌獎、納楚克
道爾基詩歌獎。

【內容提示】

蒙古大草原的遼闊，養成蒙古人豪爽無羈的性格、坦率無
隱的感情、高亢嘹亮的歌聲、真情流露的詩作。作者屬於
蒙古年輕詩人中的佼佼者，此詩一方面描寫蒙古變化的氣
候，和一些牧民常態生活的點滴，另方面透露他的感情狀
態，任何情況下都在思念他的對象，表現他的真誠、執
著，無渝的感情，非常動人。

新　生

（喀麥隆）艾琁稚

樹已枯

日正炎

原充滿活力的生命

如今憔悴奄奄

我明白

木屑的腐植質土

會再長出新芽

生命的死亡

展現自由的生殖力

【作者簡介】

　　艾班雅（Elolongué Epanya Yondo），1930年生。留學巴黎，攻讀法律和社會學。

【內容提示】

　　悲觀的人說，人一出生就開始走向死亡，然而積極思想的人，卻視死亡是新生命的起始。植物枯死後，在腐植質土上，會再長出新生的樹苗，這是大自然更生的規律。人類一代傳一代，也是循著自然法則在進行。

新生的世界

星星是超然的純粹

像哲人的眼睛

發出光芒

凝視人類的命運

我們團結在一起

不再有焦慮的眼色

我們結為兄弟

不再有憎恨的眼色

倘若天空中

出現一線光明

就會照亮我們的愛

倘若新葉中

揚起一段旋律

就會搖動我們的夢鄉

我們要結為兄弟

我們要團結在一起

星星是超然的純粹

像哲人的眼睛

發出光芒

凝視我們的命運

【作者簡介】

達迪耶（Bernard Binlin Dadié），1916年生。留學塞內加
爾，在達卡的非洲黑人法文學校服務十餘年，擔任過象牙
海岸阿比尚美術協會里事長。

【內容提示】

社會基本上是互助合作的發展成果，團結才能發揮力量，
人與人之間相處，一定要基於親愛精誠的態度，才有社會
凝聚力。如果彼此之間以兄弟的友誼對待，就能化解不少
焦慮和憎恨，這是忠恕仁愛的人生觀，人的教養向善的泉
源，也是最好的修身之道。

詩

我們每個人

都踩在胸膛上

因為我們屬於這裡

大地始終緊閉著嘴

只是自言自語

被腳步踩到心慌

蚯蚓在地下

鑽進鑽出找尋真相

我們每人會有答案

塞洛特（Mongane Serote），1944年生。流亡波扎納，1982年以《詩選集》綜合二十年創作的總成績，獲得董刻（Ad. Donker）獎。

【內容提示】

人活在大地上，依土地賴以生存，人因活著，才有能力創作、寫詩，所以詩不是憑空想像的幻影，不能沒有生活經驗做為基礎。蚯蚓在地下鑽進鑽出找尋真相，寫詩也同樣要在大地上觀察事物，發現相觀聯的意象，透過聯想表達出物象的真實，才能產生感動人的力量。

詩人，你在做什麼

哦　告訴我們　詩人　你在做什麼——我讚美

可是對那致命兇惡的事

你如何忍耐　如何接受——我讚美

至於那無名的　佚名的物

詩人　你又如何呼叫——我讚美

在各種裝飾下　各個面具背後

你的正義如何得以實現——我讚美

而那些安寧和狂暴的事物

如天星與暴風雨　如何認知你——因為我讚美

里爾克（Rainer Maria Rilke），1875年生。文學生涯從捷克
出發，到德國發展成名，晚年在瑞士度過。詩集《杜英諾
悲歌》和《給奧費斯的十四行詩》成為世界名著。

【內容提示】

以善良的心出發，對事事物物加以讚美，可以把乖舛化成
和諧、爭論導向安詳。對險惡的事讚美，對無名的物讚
美，對被掩蓋的正義讚美，詩人以美學的謳歌，展示真、
善的社會和世界，因此獲得回應，無論寧靜或是狂暴的對
象，也都能認知、接受、肯定，因為讚美的緣故。讚美是
自己內心修練的工夫，是一種神性的提升作業。

詩詠小孩

（奧地利）霍夫曼斯塔爾

你長著紅潤的腳

去追尋陽光之地

陽光之地開啟

在那沉默的樹梢上

眷戀千年的空氣

無窮無盡的海洋

依然　依然在那裡

在永恆森林的邊緣

你可願與蟾蜍分享

用木杯盛裝的奶液

那是愉快的用餐時間

星星幾乎要落到屋裡

在永恆海洋的邊緣

你很快會找到玩伴

親切友善的海豚

牠跳上陸地迎接你

偶爾牠也會趕不上

永恆的微風會悄悄

迅速拭去你盈盈淚滴

留存在那陽光之地

是古老　崇高的時間

依然　依然在那裡

太陽擁有神祕的力量

它成就你紅潤的腳

踏入它永恆的土地

霍夫曼斯塔爾（Hugo von Hofmannsthal），1874年生。是
十九世紀初葉與里爾克、格奧爾格，鼎足而立的傑出德語
詩人，與作曲家理查‧施特勞斯合作，提供歌詞，完成許
多膾炙人口的歌曲，傳誦遐邇。

【內容提示】

無憂無慮的快樂童年，值得人人回味。溫暖的陽光、開闊
的海洋、玩伴的動物，組成自在的自由天地，儼然是一個
童話世界，在陽光充足的永恆土地上，讓小孩充滿活力，
生活是多麼健康、快樂。作者以愉快的心情，歌詠天真活
潑的小孩，詩中洋溢輕快的律動，讀者內心也跟著順暢，
感到世界的美妙！

詮　釋

（巴勒斯坦）巴苟第

詩人在咖啡屋裡寫詩

老婦以為他在給母親寫信

少女以為他在給女友寫情書

小男孩以為他在繪圖

商人以為他在計算交易

遊客以為他在寫風景明信片

店員以為他在核對還剩多少錢

情治人員在他的背後偷窺

挖掘　185

【作者簡介】

巴苟第（Mured Barghouthy），1944年生。曾在開羅的巴勒斯坦廣播電台工作，埃及和以色列簽訂和約後，遷到布達佩斯，然後移居約旦的安曼。出版有詩集《太陽中的巴勒斯坦人》等。

【內容提示】

詩人抽暇寫詩，引起不同身分人士的各種想像，各人都以自己揣測的情境在詮釋。事實只有一種，但作者至少列舉了七種想像，可見純憑一廂情願的推測，與真實距離有多遠，甚至情治人員還以為他在蒐集情報，說不定有人因此受害。詩內容描述的荒謬性，在社會上以各種各樣的方式呈現，隱喻著事實要經過求證才能確定。

鼠　輩

（奧地利）特拉克爾

秋月在庭院裡閃耀白光

幻影從屋簷落下來

寂靜守著空窗

這時鼠輩徐徐鑽出

鼠來竄去吱吱叫

從廁所溢出難聞的

灰濛濛水氣緊跟在後

幽靈般的月光在晃動

鼠輩貪婪爭搶跡近瘋狂

遍佈房屋和穀倉

滿倉的五穀和果實

冰冷的風在暗中哭泣

【作者簡介】

特拉克爾（Georg Trakl），1887年生。小時候有歇斯底里過敏症，及長，體力充沛過人，因患酒毒，接受治療。第一次世界大戰期間在前線服役，病發住院，服藥過量致死。

【內容提示】

老鼠為患，不止是竊吃五穀，損害農產品，還會挖牆根，敗壞家宅等建築物，甚至攜帶細菌，傳染疾病。「鼠輩」常用來指責為害社會的敗類，有甚於害群之馬。作者在此詩中先佈置秋月、庭院、白光的外在安詳氛圍，然而鼠輩一出現，環境大亂，帶著齷齪難聞的污穢到處跑，侵入屋內和倉庫，搶吃人民賴以維生的五穀和果類。結果，安詳氛圍反轉成冷風、黑暗、哭泣的慘狀，前後對比，襯托出鼠患之烈，也暗喻戰爭帶來禍害之深。

圖　畫

（伊拉克）法依克

四個孩童

一位土耳其人

一位波斯人

一位阿拉柏人

一位庫德人

集體繪一個男人的圖畫

第一位繪頭

第二位繪手和臂

第三位繪腳和身軀

第四位繪槍在肩上

【作者簡介】

法依克（Sherko Faiq），生年不詳。流亡伊朗和瑞典時，建
立文學聲望，1991 年伊拉克的庫德斯坦解放後，回到伊拉
克，後擔任文化部長，三年後因庫德斯坦爆發內鬥而去職。

【內容提示】

庫德人在世界歷史上，有過稱霸的盛時，二次世界大戰後
未能獨立建國，庫德斯坦土地被土耳其、伊朗、伊拉克、
亞美尼亞瓜分，因而與土耳其人、波斯人、阿拉柏人混
居。孩童共同受教育，似乎相安無事，但不同種族的學童
合作繪一幅畫時，無形中表現出不同的社會背景，產生美
感經驗和無意識的關心議題即有所歧異。庫德人因反抗外
來統治，而被西方媒體誣為好戰，純屬環境所逼，其實過
著農牧生活的民族，通常是最能與土地和人民和平相處。

綠

（西班牙）希梅內斯

綠是女孩
綠眼　綠髮

她的野玫瑰
不紅不白　而是綠

她穿越綠空氣而來
（整個大地變綠）

她的閃亮泡沫
不藍不白　而是綠

她踏越綠海洋而來

（連天空也變綠）

我的生命始終留有

小綠門為她開啟

【作者簡介】

希梅內斯（Juan Ramón Jiménez），1881年生。在西班牙南方的安達魯西亞出生、長大，後長住馬德里，中年後在美洲各國講學，1956 年獲諾貝爾文學獎。出版過幾十本詩集，是多產的詩人。

【內容提示】

以綠色為主調，觸目的焦點一片綠。綠色象徵輕快活潑的生命，有令人愉悅、寧靜、安詳的視覺效果。紅、白的野玫瑰，變成不紅也不白；藍、白的泡沫，也變成不藍也不白。全部是綠色，不一定是現實的真相，而是作者內心的造像，塑造成的詩的想像世界，成為詩的內在真實。這是創造的神奇，詩的美感效應。

蒙古包

（蒙古）烏梁海

像智慧老地球的頂篷

佛塔潔白的蒙古包

是迎向東方破曉的寓所

中央一絲糞火亮光溫暖了

宇宙靜寂的霜冷寒夜

以馬頭琴誘導撫慰

天空變幻無常的浮躁情緒

蒙古包是仿照大地的設計

像智慧老地球的眼珠

渾圓形的蒙古包

是東方太陽旭出的寓所

搶奪宮殿和高樓雄偉的風采

孤立如長明蠟燭的銀碗

蒙古包把大地圍成圈圈

保持詩神和繆斯的搖籃溫暖

【作者簡介】

烏梁海（D. Urianhai），1940年生。蒙古國立經濟學院畢
業，留學莫斯科高爾基文藝學院，2002年獲選為蒙古社會
科學院院士，出席2009年烏蘭巴托第三屆台蒙詩歌節。

【作者簡介】

遊牧民族逐水草而居，經常遷徙住所，帳篷是最佳的移動
房屋，尤其是蒙古包成為最典型的大草原特出景觀，圓形
結構，外罩毛氈，覆蓋時保溫，半揭時通風，自然空氣調
節良好，圓頂中央有通氣天窗 。作者歌詠蒙古包，加以
形象化聯想，像佛塔，仿照大地的設計，如長明蠟燭的銀
碗，稱許為迎向東方破曉的寓所、東方太陽旭出的寓所，
充滿了光明的期待。蒙古遊牧民家居喜以馬糞曬乾做燃
料，既省錢又環保，而演奏馬頭琴歌唱是最大的樂趣。

認同問題

鳥啊　你唱什麼歌

別人

從你的喉嚨唱出

別人

為你編曲

透過你的喉嚨

唱出

自由自在

鳥啊　鳥啊

你唱什麼歌

別人

借用你的喉嚨

唱歌

華拉赫（Yona Wallach），1944生。父親在以色列獨立戰爭中陣亡，她靠自修成為以色列前衛詩人，獲總理獎，1985年因乳癌過世。

【內容提示】

在一般人心目中，鳥唱歌快快樂樂，表示自由自在。作者卻認為鳥是按照別人的指示，唱別人為牠編好的曲，好像變成別人的傀儡，這大概是指鸚鵡學舌，不是出於自願。所以，真正的鳥，就要唱自己的歌，唱出心裡的聲音，不管是喜怒或哀樂。

閱讀童書

（俄羅斯）曼傑利斯塔姆

只閱讀童書
只珍惜童真的思考
把成人的事務拋開
從深深的悲傷中站起來

我厭倦生命的暮氣沉沉
我得不到生命給我什麼
但我熱愛貧瘠的大地
因為這是我唯一看得到

我在遠遠的花園裡
簡單的樹木秋千上擺盪
我記得黝黑高大的樅樹
在朦朦朧朧中發熱

曼傑利斯塔姆（Osip Mandelstam），1891年生。年輕時遊學巴黎，對象徵派運動產生興趣，回國後出版詩集《石頭》，聲名大噪，1933年寫詩抨擊史達林，被捕放逐，五年後，二度被捕，從此下落不明。

【內容提示】

童年保持最純真的生活情境，免於世俗的干擾和煩惱，心靈可以同大自然諧和，像檬樹即使在貧瘠的大地上，也會在熱烈中成長。作者在不得志的生活環境裡，又受到政治的壓迫和威脅，於令人悲傷的社會狀況下，不免感到「厭倦生命的暮氣沉沉」，所以讀童書自慰，更珍惜童年的純真。

樹籬

（法國）魏爾倫

樹籬的梯形排列
無限延伸像清澈的
海浪翻滾在清晰的霧中
帶有清新的漿果味道

有群樹　也有磨坊
輕盈佇立在青草地
上面有小馬且戲且跑
一邊嬉鬧　一邊跳躍

在此星期天茫茫中
也看到大母羊在遊戲

大母羊的溫柔正如
我們身上的白羊毛

忽然間　悠揚的
笛聲響起　從鐘樓
裊裊上升直透
牛奶色的天空

魏爾倫（Paul Verlaine），1844年生。在巴黎文壇是一位才
華洋溢的詩人，對象徵派影響很大，可惜因性別錯亂，
且情愛關係風波不斷，無法靜心創作，到晚年，有詩王
之稱。

【內容提示】

魏爾倫有許多詩篇雖然被認為具有異色情調，但描景的優
美仍然是一大特色。這首詩描寫的海濱鄉鎮景色，充滿幽
靜安詳的風光，而靜中有動感，呈現了活力，不是一片死
寂。詩中味覺（漿果）、視覺（樹籬、海浪、霧、群樹、
磨坊、青草地、小馬、母羊、天空）、聽覺（海浪翻滾、
小馬跳躍、母羊嬉戲、鐘樓笛聲）效果並陳，非常豐富，
使人感到親歷其境。

橡　樹

（蒙古）達西尼瑪

啊　我的故土

我古老古老的橡樹

你無數強力的根

被苔蘚覆蓋被石塊壓制

活在肥沃的土壤下

部分衰竭而虯曲

我看是生活的意識

和存在的範式

你們全部枝椏手足

掌向天空

部分在掙扎中扭曲

仍然開花成長

我看是對他人誠信的範例

一種奮鬥象徵　不是投降

啊　我的橡樹

我的老爹橡樹

世界萬物

經由根枝團結

所以　你知道　我死時

也成為一株老橡樹

【作者簡介】

達西尼瑪（Luvssandamba Dashnyam），1943年生。留學莫斯科研究經濟學和哲學，為蒙古民主運動領導人之一，2005年總統競選人，2009年入選為蒙古科學院院士，現任蒙古傳統研究院和蒙古人文學院院長，出版著作三十餘部。

【內容提示 】

老橡樹盤根錯節，生命力強勁，不畏苔蘚覆蓋、石塊壓制，枝椏向天空伸展，繼續繁榮。作者也以老橡樹自況，一生奮鬥不懈，精神不死。其實，此詩不但以橡樹隱喻人生的積極作為，而且不無以此象徵作者的蒙古祖國，歷經被殖民統治的苦難，終於重獲完全獨立的艱苦卓絕精神，持續不斷奮鬥的耐力，加以歌詠。

橋

橋的下面
水流動
橋的上面
人流動
啊啊
　青春呀

【作者簡介】

岩佐東一郎（Iwasa Toichiro），1905年生。第二次世界大戰後，與北園克衛合編《近代詩苑》，他的詩風輕快洗練。

【內容提示】

橋下，水在流動；橋上，人也在流動。簡單的對照，水流不回頭，人的青春歲月，也不可能重來。有此警惕，能不充分把握時間，利用寶貴的光陰，發揮人的才能和價值嗎？作者念法政大學法文系，此詩有法國詩人阿波利奈爾作品〈米哈波橋〉的影子，那首詩以橋下的塞納河水流逝，感嘆時間和愛情也一去不回，同中國古語所說：「逝者如斯夫，不舍晝夜」，有類似的感慨。

螞　蟻

小孩在玩弄螞蟻
用樹枝
加以挑戲

迷路的螞蟻掙扎著

小孩玩膩了
把螞蟻丟在路中央
危險萬分

掌握我們命運的神啊
祢使我們想到螞蟻的宿命

【作者簡介】

黃瑾植（Whang Keun-sik），1952年生。出版有詩集《夢到印第安粟》。

【內容提示 】

有的孩子喜歡小動物，和牠們玩，因不得法，反而擾亂動物的生活秩序，甚至危害到牠們的生命。小動物和人一樣有生存意志，應該保留活動空間。螞蟻是相當有團體規律和遵守秩序的動物，在牠們列隊行進的勤奮工作中，無端加以騷擾，就會亂了生活軌道。作者基於愛物心情，反省到人如果也一樣被無端戲弄，像螞蟻一樣無奈，豈不失去尊嚴，淪入被踐踏的宿命嗎？

遺　愛

（紐西蘭）菲律浦

當我回想你對我微笑的樣子

我感覺到你沒有遠離

當我回想你擁抱時的溫柔

悲傷的氣氛就充滿著歡樂

風乾了我臉上徐徐滴落的眼淚

當我回想你叫我名字的神情

現實退潮連同我和你

消失於無始無終的地方

黎明時刻世界就煥然一新

我的幸福映現在你臉上

菲律浦（Hilda Phillips），1930年代生。紐西蘭活躍的女詩
人，紐西蘭女作家協會、國際作家工作室、女作家俱樂部
等文學團體的會員。

【內容提示】

對人關心、關切、關愛，會令人懷念不已，也使人感到幸
福。世間永恆的愛，可化悲傷為歡樂，對人付出，自己得
到收獲。即使等到形體消失，遺愛仍長存人間。這是作者
悼念亡夫的詩。

歡合悲離

（德國）歌德

我心跳如奔馬疾行

連思念都無法追趕

黃昏已催大地入眠

夜色正溢滿了山崗

龐然巨人般的橡樹

矗立在朦朧霧裳中

幽暗以百隻黑眼珠

窺視著一片灌木叢

從雲鄉的山嶺　月娘

哀傷地透過山嵐俯瞰

微風拍著輕緩的翅膀

驚懼地掠過我的身旁

黑夜創造了成千巨靈

但我精神抖擻又愉快

我的血管裡情焰方殷

我的心房中熾熱難耐

我望著妳　柔情的歡欣

從妳甜蜜的眼眸流向我

我已全盤向妳交出愛心

每一絲呼吸都為妳而活

薔薇色調的早春陽光

浸浴著妳動人的面貌

對我真是溫柔萬千

天啊　我何能回報

可是啊　朝陽已然東升
離情別緒絞緊著我的心
在妳的蜜吻中狂喜無限
在妳的眼波裡悲痛莫名
我離去　妳呆視著大地
潤濕的眼光凝望我背影
啊　被愛是天地間福氣
而愛　更是幸福的泉井

歌德（Johann Wolfgang von Goethe），1749生。一生兼備多
種身分：詩人、小說家、劇作家、思想家、科學家，既是
古典主義巨擘，參與德國狂飆運動，掀起浪漫主義文學熱
潮，又成為浪漫主義泰斗，《浮士德》為其顛峯作品。

【內容提示】

通常說「悲歡離合」是混在一起的籠統說法，分開來看，
離悲／合歡。這首詩熱情洋溢，表露無遺，毫不含蓄，正
是浪漫主義精神的最加註腳，詩中按題目用「歡合」和
「悲離」雙面描寫，前二節寫歡合，後二節寫悲離，在前
二節陰冷的意象中，已暗伏悲離的發展，但最後二行：
「啊，被愛是天地間福氣／而愛，更是幸福的泉井」、仍
然保有樂觀進取的心情和積極態度。

鷹

他用鉤爪緊抓住絕壁也
佇立在接近太陽的荒野
周圍是一片蓊鬱的世界

皺紋大海匍匐在他下方
他遠從峭壁上凝神眺望
猛然霹靂一聲俯衝空降

【作者簡介】

丁尼生（Alfred Tennyson），1809年生。他是英國維多利亞時代最傑出的詩人，詩作視域開闊、用詞精確、音調和諧。

【內容提示】

鷹在自然界裡是孤傲的動物，冷靜、凶悍，動作疾速、精準，有君臨世界、睥睨萬眾、目空一切的氣慨。詩中傳神表現出鷹的特性、動作、神情，令人感受到這不僅僅是一隻鷹，簡直象徵了一位雄才大略的人物，居高臨下，觀察世界，蓄勢待發，然後掌握時機，出手一搏，演出一齣驚天動地的絕妙戲劇，完成天賦的使命。

語言文學類　PG0439

挖掘

編　　者/李魁賢
責任編輯/黃姣潔
圖文排版/陳宛鈴
封面設計/陳佩蓉

發 行 人/宋政坤
法律顧問/毛國樑　律師
印製出版/秀威資訊科技股份有限公司
　　　　　114台北市內湖區瑞光路76巷65號1樓
　　　　　電話：+886-2-2796-3638　傳真：+886-2-2796-1377
　　　　　http://www.showwe.com.tw
劃撥帳號/19563868　戶名：秀威資訊科技股份有限公司
　　　　　讀者服務信箱：service@showwe.com.tw
展售門市/國家書店（松江門市）
　　　　　104台北市中山區松江路209號1樓
　　　　　電話：+886-2-2518-0207　傳真：+886-2-2518-0778
網路訂購/秀威網路書店：http://www.bodbooks.tw
　　　　　國家網路書店：http://www.govbooks.com.tw
圖書經銷/紅螞蟻圖書有限公司
　　　　　114台北市內湖區舊宗路二段121巷28、32號4樓
　　　　　電話：+886-2-2795-3656　傳真：+886-2-2795-4100

2010年10月BOD一版
定價：260元

國家圖書館出版品預行編目

挖掘 / 李魁賢編譯. -- 一版. -- 臺北市:秀威
　資訊科技, 2010.10
　　　面; 公分. -- (語言文學類 ; PG0439)
　參考書目:面
　ISBN 978-986-221-601-9(平裝)

813.1   99016837

讀者回函卡

感謝您購買本書，為提升服務品質，請填妥以下資料，將讀者回函卡直接寄回或傳真本公司，收到您的寶貴意見後，我們會收藏記錄及檢討，謝謝！
如您需要了解本公司最新出版書目、購書優惠或企劃活動，歡迎您上網查詢或下載相關資料：http:// www.showwe.com.tw

您購買的書名：＿＿＿＿＿＿＿＿＿＿＿＿＿＿＿＿＿＿＿＿＿＿

出生日期：＿＿＿＿年＿＿＿＿月＿＿＿＿日

學歷：□高中 (含) 以下　　□大專　　□研究所 (含) 以上

職業：□製造業　□金融業　□資訊業　□軍警　□傳播業　□自由業
　　　□服務業　□公務員　□教職　　□學生　□家管　□其它＿＿＿

購書地點：□網路書店　□實體書店　□書展　□郵購　□贈閱　□其他

您從何得知本書的消息？

　□網路書店　□實體書店　□網路搜尋　□電子報　□書訊　□雜誌
　□傳播媒體　□親友推薦　□網站推薦　□部落格　□其他＿＿＿＿＿

您對本書的評價：（請填代號　1.非常滿意　2.滿意　3.尚可　4.再改進）

　封面設計＿＿　版面編排＿＿　內容＿＿　文／譯筆＿＿　價格＿＿

讀完書後您覺得：

　□很有收穫　□有收穫　□收穫不多　□沒收穫

對我們的建議：＿＿＿＿＿＿＿＿＿＿＿＿＿＿＿＿＿＿＿＿＿＿＿

＿＿＿＿＿＿＿＿＿＿＿＿＿＿＿＿＿＿＿＿＿＿＿＿＿＿＿＿＿＿＿＿

＿＿＿＿＿＿＿＿＿＿＿＿＿＿＿＿＿＿＿＿＿＿＿＿＿＿＿＿＿＿＿＿

＿＿＿＿＿＿＿＿＿＿＿＿＿＿＿＿＿＿＿＿＿＿＿＿＿＿＿＿＿＿＿＿

11466
台北市內湖區瑞光路 76 巷 65 號 1 樓

秀威資訊科技股份有限公司　　　收

BOD 數位出版事業部

....

（請沿線對折寄回，謝謝！）

姓　　名：_____　年齡：_____　性別：□女　□男

郵遞區號：□□□□□

地　　址：_____

聯絡電話：(日) _____ (夜) _____

E-mail：_____